CENT ET UNE PETITES MISÈRES.

PARIS. — TYPOG. ET LITHOG. DE A. APPERT,
PASSAGE DU CAIRE, 54.

CENT ET UNE

PETITES MISÈRES,

Œuvre sociale,

RÉDIGÉE PAR LES MEILLEURS CHANSONNIERS
DE L'ÉPOQUE,

Sous la Direction de **MM. Charles GILLE**,
Adolphe LETAC
et **Eugène BERTHIER**, Fondateurs.

PARIS.
LETAC, rue du Faubourg-Saint-Denis, 21,
Ancien local de la Lice chansonnière.

1846.

Typog. et Lith. de A. Appert, pass. du Caire, 54.

CENT ET UNE PETITES MISÈRES.

Air de Calpigi,

Ou : *On dit que je suis sans malice.*

I.

La chanson qu'en c' moment j'entonne,
Messieurs, n'est ni courte ni bonne :
C'est un tas d' cont's, de fabliaux,
De récits plus ou moins nouveaux.
Enfin, c'est un' vrai' rapsodie,
D' sort' que s'il vous prend fantaisie
D' savoir où s' trouv' le commenc'ment,
Çà d'vra vous gêner su' l' moment !

Eug. BERTHIER.

II.

L' premier jour qu'il vit un' dame blanche,
L' Juif-Errant s' dit : J' vas prendr' ma r'vanche,
Chaqu' jour, moyennant mon quibus,
J' pourrai rouler en omnibus.
Mais, pour le punir de ses crimes,
V'là qu'on met l' prix à trent' centimes ;
Lui qu'en possèd' vingt-cinq seul'ment.
Çà d'vait bien l' gêner su' l' moment !

Adolp. LETAC.

III.

Grâce aux soins de la chirurgie,
Un malad' tombe en léthargie ;
Son méd'cin, sans craint' ni remord,
Assur' qu'il est complèt'ment mort.
Pendant qu'on le portait en terre,
Lui, par les fentes de sa bière,
Assistait à son enterr'ment :
Çà d'vait bien l' gêner sur l' moment !

Ch. GILLE.

IV.

Dans l'état de simple nature,
Un baigneur, dans une onde pure,
Nageait su' l' dos, c' qu'est peu moral,
Quand survient un municipal.
Ç' manqu' de pudeur le scandalise ;
Il vous lui prend jusqu'à sa ch'mise,
L'autr', n'ayant qu' ses mains pour vêt'ment,
Çà d'vait bien l' gêner su' l' moment !

Numa MERCIER.

V.

Voyez ces deux prisonniers d' guerre !
Leurs vainqueurs, afin d' satisfaire
Un' faim pressante, en font cuire un
Dont ils mang'nt un morceau chacun.
L'autre, voyant qu' son camarade
S' tir' d'épaisseur à chaqu' grillade,
S' dit : J'aurai l' mêm' désagrément.
Çà d'vra bien m' gêner su' l' moment !

PARROISSE.

VI.

Pauvre Absalon ! d'une perruque
Que n'avais-tu coiffé ta nuque,
Quand sous des arbr's aux bras mouvants
Tu fuyais les cheveux aux vents!
Alors une branche perfide,
Sans r'tarder ton cheval rapide,
N' t'eût pas suspendu subit'ment !
Çà d'vait bien t' gêner su' l' moment

G. C. PICARD.

VII.

Patient et l'âme bénigne,
L'autr' jour, un pêcheur à la ligne,
Par un brochet, l'infortuné !
Dans l'abîme fut entraîné.
Un passant l' saisit par la nuque ;
Mais l' pauvre diabl', portant perruque,
Suit l' poisson dans son élément :
Çà d'vait bien l' gêner su' l' moment !

Eug. GUEMIED.

VIII.

Un savetier dont la boutique
Cont'nait à grand' peine un' pratique,
Un beau jour, son alène en main,
Raccommodait un escarpin ;
Il voit entrer dans sa mâsure
Un cheval avec un' voiture !
Pour tirer son fil aisément
Çà d'vait bien l' gêner su' l' moment !

MOINAUX.

IX.

Pour jouer l' rôl' d'un acteur malade,
L' souffleur manchot d'un' troup' nomade
Bourr' sa manch' vid' avec du son,
Grimp' sur l' théâtre et jou' Néron.
Comme un diable, il beugle, il s' démène ;
Mais, voyant au milieu de la scène,
Son bras qui s' vide à chaqu' mouv'ment,
Çà d'vait bien l' gêner su' l' moment !

Mme E. Fleury.

X.

C' n'est pas une histoire moderne :
Chacun s' rappelle qu'Holopherne
Par Judith, au bras sans pareil,
Fut occis pendant son sommeil.
La gaillarde, que rien n'arrête,
Lestement lui décoll' la tête ;
Pour continuer son ronflement,
Çà d'vait bien l' gêner su' l' moment !

Edmond Gaconde.

XI.

Un jour, tombant dans la marmite,
Un pauvre invalid' s'en crut quitte
Pour sortir du pot enrhumé,
Mais bientôt tout fut consommé.
S' voyant l' bœuf, écumant de rage
D'engraisser ainsi le potage
Au profit du Gouvernement,
Çà d'vait bien l' gêner su' l' moment !

Victor Dollet.

XII.

Certain filou fort en pratique,
Afin d' dégarnir la boutique
D'un changeur du quartier d'Antin,
Fit un trou propre à son dessein.
Notre changeur, en homme habile,
L' voyant empoigner un' sébile,
Lui coup' la main très proprement :
Çà d'vait bien l' gêner su' le moment !

BLONDEL.

XIII.

Près d'un' sentinelle endormie,
Et qui rêve à sa douce amie,
Se glisse un Arabe intrigant
Qui lui flanque un coup d'yatagan.
Le lend'main, au son d' la trompette,
L' troupier s' réveille et s' voit sans tête
Avec un naïf étonn'ment :
Çà d'vait bien l' gêner su' l' moment !

Christian SAILER.

XIV.

Un prêtre récitait l'office.
A l'élévation la croix glisse
Près de son occiput, et net
S'embarrass' dans son faux toupet.
Notre homm' devant tout' l'assistance
Lève au ciel, avec révérence,
Sa perruque et l' Saint-Sacrement :
Çà d'vait bien l' gêner su' l' moment!

Ch. REGNARD.

XV.

On dit qu'un saint anachorète,
Qui passait pour un grand prophète,
Ayant fait vœu de chasteté,
Possédait sa virginité.
A près d' cent ans d' là l' diabl' le tente,
Il s'accouple avec fille aimante
Qui s' disait après l' dénoûment :
Çà d'vait bien l' gêner su' l' moment!

LE BOULLENGER.

XVI.

Sur un ch'min d' fer un' machin' neuve,
Un jour éclat' dans un' épreuve,
L' représentant d' l'autorité
Dans un' mare à cent pas est j'té.
R'pêché l' lend'main l' pauvr' commissaire,
Pour dresser s'lon son ministère,
L' procès-verbal de l'évèn'ment,
Çà d'vait bien l' gêner su' l' moment!

Louis GUÉMIED.

XVII.

Un soldat de la vieille garde,
Qui n'eut jamais qu'une cocarde,
M' disait un jour : « Mon cher, j'avais
Un' mauvais' dent contr' les Anglais.
En leur disputant un' victoire,
Un d' leurs boulets m' cass' la machoire
Et m' laiss' la mauvais' dent seul'ment! »
Çà d'vait bien l' gêner su' l' moment!

Honoré LETAC.

XVIII.

Un gros Anglais chef d'une usine,
R'gardant fonctionner un' machine
A tirer du fil de laiton,
Fut pris dans les aîl's d'un pignon.
Lorsqu'on le r'tira d' l'engrenage,
L' pauvre homme avait l'air d'un cordage
Pour amarrer un bâtiment :
Çà d'vait bien l' gêner su' l' moment!

Eug. BERTHIER.

XIX.

En Angleterr' comme en Castille,
Où les femm's règn'nt de mère en fille,
Même en s' mariant, un' majesté
Gard' son inviolabilité.
Ah! si, dans un mariag' semblable,
Pour un homme un' femme inviolable,
Par la suite a son agrément,
Çà doit bien gêner su' l' moment.

Aug. JOLLY.

XX.

Certain soir, chez une lionne,
Un monsieur que l' désir talonne,
Veut glisser sa main sous les draps.
A la r'cherch' de sphériqu's appas.
Ah! dit la dam', qu' vous êt's donc Blaise!
C'.que vous cherchez est sur la chaise :
Je ne les port' que l' jour seul'ment!
Çà d'vait bien l' gêner su' l' moment.

Léon LAPRAIRIE.

XXI.

Un d' nos poèt's à longue barbiche,
Courant après un hémistiche,
Hors d'haleine arrive c' matin
Tout près d'un moulin de Pantin ;
L'aîl' de c' moulin l' prend par la poche,
L' poèt' tourn' comme une oie en broche.
Lui qui voulait rimer rich'ment,
Çà d'vait bien l' gêner su' l' moment.

Mme E. FLEURY.

XXII.

Jadis un baron à la chasse,
Transi par la neige ou la glace,
Eventrait un d' ses paysans
Et s' réchauffait les deux pieds d'dans.
A votre jug'ment j'en réfère !
Servir ainsi d' calorifère,
Quoiqu' ça n' soit qu' momentanément,
Çà doit bien gêner su' l' moment !

Eug. GUEMIED.

XXIII.

Un pioupiou pris à Constantine,
Fut nommé, grâce à sa bonn' mine,
Par décret rendu dans l' désert,
Porte-coton d'Abd-el-Kader.
Il dut remplir (jugez quels risques !)
L' même emploi près d' ses odalisques,
Sans s' permettr' le moindre attouch'ment :
Çà d'vait bien l' gêner su' l' moment !

Ch. COLMANCE.

XXIV.

Un fait contr' lequel l'esprit s' cabre,
C'est que feu l'avaleur de sabre,
Malgré son talent renommé,
S' trouva total'ment déplumé.
Pour lors n'ayant pas d'autr' cuisine,
Il fut forcé par la débine
D' digérer son établiss'ment :
Çà d'vait bien l' gêner su' l' moment!

Ch. GILLE.

XXV.

Un jour Saturne se figure
Avaler sa progéniture,
Mais il gob' contr' sa volonté
Un caillou bien emmaillotté.
Comme un caillou, quoiqu'on en dise,
Ne pass' pas comme un noyau d' c'rise,
Pour digérer ça facil'ment,
Çà d'vait bien l' gêner su' l' moment!

Adolphe LETAC.

XXVI.

Ponsard a rajeuni Lucrèce
Qui, de vertu fière tigresse,
Pour essuyer l' baiser d' Tarquin,
S' flanque un fer dans le casaquin,
Passe encor pour être embrassée,
Mais, sapristi! s' sentir percée
Avec un pareil instrument :
Çà d'vait la gêner su' l' moment!

Edmond GACONDE.

XXVII.

Milon d' Crotone, à c' qu'on rapporte,
D'un coup, tant sa poigne était forte,
Tuait un bœuf, puis s'en chargeait,
Et dans le mêm' jour le mangeait.
Il me semble pourtant, que diantre!
Que lorsqu'il avait dans le ventre
Un p'tit bœuf de cinq cents seul'ment,
Çà d'vait bien l' gêner su' l' moment!

PARROISSE.

XXVIII.

Les anciens disent que Sodome
Fut détruite pendant son somme,
Et qu'en ce pays perverti
Petits et grands, tout fut rôti.
A ce récit, devons-nous croire?
Pourtant, si ce n'est pas l'histoire
Qui péche par le fondement,
Çà d'vait les gêner su' l' moment!

Victor DOLLET.

XXIX.

Au temps jadis un' loi brutale
Condamnait la pauvre vestale
Qui laissait s'éteindre son feu
A paraître aussitôt d'vant Dieu.
On entrainait la vierg' craintive,
Puis on l'enterrait toute vive
Pour un' quinzain' de jours seul'ment:
Çà d'vait la gêner su' l' moment!

Eug. GUEMIED.

XXX.

O du destin, vengeanc' brutale !
Dans l'Enfer l' malheureux Tantale,
Voulant s' régaler tout son soû,
Tirait la langue, allongeait l' cou.
Mais, zest ! la pot-bouill' satanique
S'échappait en faisant la nique ;
Lui qu'était un fameux gourmand,
Çà d'vait bien l' gêner su' l' moment !

Pierre LACHAMBEAUDIE.

XXXI.

Un jour Gros-Jean a not'-meunière
F'sait une ouvertur' singulière,
Quand l' meunier, arrivant soudain,
Sur lui tombe avec son gourdin.
Dur comme un roc, Gros-Jean tient ferme,
Mais chaqu' coup enl'vant l'épiderme,
Pour terminer son compliment,
Çà d'vait bien l' gener su' l'moment !

Charles MORISSET.

XXXII.

Avant le jour de son mariage
Quand un' fill' n'est pas resté sage
Ce qu'elle craint, dans l' conjungo,
C'est l'instant d'aller au dodo.
Cett' pauvr' fill' qui connaît la chose,
Pour faire croir' qu'elle a sa rose
Et s'y prendr' bien innocemment,
Cà doit la gêner su' l' moment !

SAVARY

XXXIII.

Quelqu'un que vous devez connaître
Déménageait par la fenêtre,
Un compère en bas attendait
Les meubles qu'on lui descendait.
Il guette une armoir' qu'on lui passe,
Lorsque soudain la corde casse.
L'objet tomb' sur lui brusquément.
Çà d'vait bien l' gêner su' l' moment!

Hip. DEMANET.

XXXIV.

Pour charmer l'ennui du service,
Dans un calme plat, un novice
Près d' son navire se baigna,
Puis un courant l'en éloigna.
Tandis qu'il folâtrait ingambe,
Un requin lui saisit la jambe.
Pour regagner son bâtiment,
Çà d'vait bien l' gêner su' l' moment!

Ch. VALLET.

XXXV.

Je m' souviens des jeux d' mon enfance :
Nous arrosions un rat d'essence,
Puis, le feu mis à son croupion,
D'un rat l'on faisait un lampion.
Mais cet animal, dans sa rage,
Maudissait fort cet éclairage,
Qui lui servait de vêtement.
Çà d'vait bien l' gêner su' l' moment!

Adolphe CHAPRON.

XXXVI.

Pétillants d'amour et d'ivresse,
Un amant avec sa maîtresse
Sous un berceau des plus touffus
Allaient faire offrande à Vénus.
Ils commenc'nt à peu près l'office,
Mais, arrivés au sacrifice,
L' sacrificateur se dément.
Çà d'vait les gêner su' l' moment!

J.-B. GIRARD.

XXXVII.

Muni d'un puissant télescope,
Un savant d' notre vieille Europe
Dans l' Nouveau-Monde se rendit
Pour observer un fait prédit.
Il braqu' sa lunette, il regarde,
Mais il a laissé par mégarde
A Paris, les verr's d' l'instrument.
Çà d'vait bien l' gêner su' l' moment!

MAURICE.

XXXVIII.

Certain buveur toujours alerte,
Un jour, trouve une cave ouverte;
Il faut le voir prendre soudain
Tout ce qu'il croit être du vin.
Mais, hélas! ce jus de la treille
N'est qu' du vitriol en bouteille.
Tout en buvant c' rafraîchiss'ment,
Çà d'vait bien l' gêner su' l' moment!

Emile GRUBER.

XXXIX.

Un dévôt n'a pas l'épiderme
Plus qu'un payen solide et ferme,
Regardez ce bon saint Laurent
Qu'on fait griller comme un hareng.
De quel côté qu'on le retourne
Il voit la ville de Libourne.
Rôtir ainsi dévotement,
Çà doit bien gêner su' l' moment!

Justin CABASSOL.

XL.

Jean disait à sa femme en couche,
Qu'avait l'air de fair' la p'tit' bouche :
Ça s'ra l'histoire d'un instant,
A quoi qu' ça sert de fair' l'enfant?
Pardin' ! lui répond la commère,
A ton tour j' voudrais t'en voir faire
Un gros comm' le p'tit doigt seul'ment.
Çà d'vait bien t' gêner su' l' moment!

Adolphe LETAC.

XLI.

On sait que le brigand Procuste,
Voulant qu' ses hôt's eussent tout juste
Même taille, même acabit,
Les f'sait étendre sur un lit,
Puis, afin d' les rendr' plus ingambes,
D' ceux trop longs on rognait les jambes,
Pour s' conformer à l'align'ment.
Çà d'vait les gêner su' l' moment!

Edmond GACONDE.

XLII.

Dans les gorges de Constantine,
Pendant qu'un peintre s'imagine
D' croquer un sit' qui lui conv'nait,
Il voit un lion qui l' guignait.
Bien que notre homme eût du courage,
Un aussi gentil voisinage,
Pour dessiner attentiv'ment,
Çà d'vait bien l' gêner su' l' moment!

PARROISSE.

XLIII.

J'ai lu quéqu' part que dans la Perse,
Pour des crim's de natur' diverse,
Quand la justice attrappait l' gueux
D'un coupable on en faisait deux:
Sur la longueur, entre deux planches
On vous le sciait en égal's tranches.
Pour peu qu' la scie allât gauch'ment,
Çà d'vait bien gêner su' l' moment!

Eug. GUÉMIED.

XLIV.

Gribouill' caressait sa bourgeoise.
On frappe. Ah! mon Dieu, dit Françoise,
C'est mon homm' qui rentr' se coucher!
Dans la fontaine il faut t' cacher.
On ouvre: un porteur d'eau s' présente,
Et, dans l' liquid' qui l'épouvante,
Gribouille est saucé complét'ment:
Çà d'vait bien l' gêner su' l' moment!

Eug. BERTHIER.

XLV.

Le lend'main d' l'enterr'ment d' sa femme
Jean, rentrant avec une autr' dame,
Retrouve, ô léthargique effet!
Sa femm' qui chez lui s' réchauffait.
Ah ! quand on s' croit célibataire,
Quand, soi-même on l'a mise en terre,
R'trouver sa femm' dans son log'ment,
Ça doit bien gêner su' l' moment!

Aug. JOLLY.

XLVI.

César, que partout on renomme,
Las d'être dictateur à Rome,
Couvrit son nom républicain
Du vain titre de souverain.
Brutus, son fils, sachant l'affaire,
Mit sa dague au flanc du cher père,
En manière de dénoûment.
Çà d'vait bien l' gêner su' l' moment!

Eug. SIMON.

XLVII.

Voulant augmenter sa famille,
Jupiter se fit une fille.
Il se forma dans son cerveau
Un abcès d'un genr' tout nouveau.
Si l'on en croit l'histoir' profane,
Il fallut lui fendre le crâne
Pour opérer l'enfantement.
Çà d'vait bien l' gêner su' l' moment!

SAVARY.

XLVIII.

Un certain fou d' ma connaissance
Vécut toujours dans la croyance
Qu'en s'attachant des ail's aux dos
Il volerait comm' les oiseaux.
Un jour il mont' ses sept étages
Pour s'en aller dans les nuages,
Il s'élance :.. et tomb' lourdement :
Çà d'vait bien l' gêner su' l' moment !

Emile GRUBER.

XLIX.

On sait qu' deux auteurs de la Lice
Dis'nt qu'un pendu dans son supplice
Eprouve, l'heureux effronté,
Le délic' de la volupté.
Pour êtr' plus sûrs de leur affaire,
Si ces deux messieurs désir'nt faire
L'épreuv' de ce p'tit ballott'ment,
Çà d'vra les gêner su' l' moment!

Adolphe LETAC.

L.

En fait d' coutum's bizarr's et neuves,
Deux mots en passant sur les veuves
De la côte du Malabar.
Pour nos parisienn's quel cauch'mar!
Sans jamais qu'une Indienn' recule,
Avec son défunt on la brûle
Pour rendre flambant l'enterr'ment :
Çà doit les gêner su' l' moment!

Edmond GACONDE.

LI.

Tout le monde sait qu'Encelade,
Par effraction, plus, escalade,
Voulut prendr' le ciel et qu' Jupin
Lui fit un vrai tour de gredin.
D'puis quatr' mille ans, sur sa poitrine,
Enc'lade a l'Etna qui s' dandine :
Un édredon de c' poids, franchement,
Çà doit bien l' gêner su' l' moment!

PARROISSE.

LII.

Sous la puissanc' du magnétisme,
R'gardez un peu l' somnambulisme,
Nul autre que l' magnétiseur
Ne peut réveiller le dormeur.
Si par un' subit' maladie
L' magnétiseur perdait la vie,
L'autr' dormirait éternell'ment :
Çà d'vrait bien l' gêner su' l' moment !

Eug. GUÉMIED.

LIII.

Certain's gens qu'on vante à la ronde
Disent : « Rien n' meurt en ce bas monde,
Sous divers's form's tout se r'produit,
Le fruit d'vient homm', l'homm' devient fruit.»
Si ma têt' sort d'un' coloquinte
Formé d' la cuiss' de quelqu' vieill' sainte,
Pour paraître au dernier jug'ment,
Çà d'vra nous gêner su' l' moment!

Eug. BERTHIER.

LIV.

L'autre jour un d' ces misérables,
Qui pour un rien tu'nt leurs semblables,
S' disait en r'gardant l'échafaud,
Du sang d' son complice encor chaud :
J' sais très bien qu' ça n' dur' qu'un' seconde,
Mais c'est égal, devant tout l' monde,
S' poser la têt' sous l'instrument,
Ça doit bien gêner su' l' moment!

Aug. JOLLY.

LV.

Un roué, d'un' femme étant en quête,
Au bal masqué fit un' conquête.
Un souper des plus délicats
Conduit son objet dans ses bras.
A l'amour offrant un' chandelle,
Il s'avanc' plein d' feu, mais la belle
N'avait de la femm' que l' vêtement ;
Ça d' vait bien l' gêner su' l' moment!

Numa MERCIER.

LVI.

Le voisin de gentill' brunette
Qui chaque soir dans sa chambrette
Recevait un amant heureux,
D' sa voisine était amoureux,
Quand dans son insomni' fréquente,
La nuit, près d' la cloison branlante,
Il entendait certain craqu'ment,
Ça d'vait bien l' gêner su' l' moment !

Léon LAPRAIRIE.

LVII.

Dans l'intérieur d'un' diligence,
Un voyageur, sans prévoyance,
Pour s' réchauffer battait l' plancher,
Qui finit par se détacher ;
Le haut du corps dans la voiture,
C' monsieur, des ch'vaux suivant l'allure,
Arrive au r'lais pédestrement :
Çà d'vait bien l' gêner su' l' moment !

LE BOULLENGER.

LVIII.

Au cabaret, un invalide,
Voulant écouler son liquide,
S' trouvait dans un grand embarras,
D'autant plus qu'il n'avait pas d' bras.
Prenant pitié de son supplice,
La servant' lui rendit c' service;
Mais pour s'y prendr' modestement,
Çà d' vait la gêner su' l' moment !

Ch. COLMANCE.

LIX.

Un imitateur de Silène,
Ayant bu jusqu'à perdre haleine,
Rentrait dans Paris en chantant
La complainte du Juif-Errant,
Lorsque soudain passe un' voiture
Qui lui broy' d'abord la chev'lure,
Et puis la tête inclusiv'ment:
Çà d'vait bien l' gêner su' l' moment !

NOEL.

LX.

Un facteur descendant d' voiture
Tombe et se meurtrit la figure;
Voulant se r'lever au plutôt,
Sur l' dos, il retombe aussitôt,
Il avait les deux jamb's cassées
Et les épaules fracassées;
Pour porter ses lettres prompt'ment,
Çà d'vait bien l' gêner su' l' moment !

BOULAY.

LXI.

On connaît la bêt' résignée
Dont la succion vaut un' saignée;
Un homm' pour un malaise, à part,
S'en faisait poser quelque part.
Négligeant d' boucher une issue,
Bientôt l' malad' dit qu'un' sangsue
Chez lui s' promène intérieur'ment :
Çà d'vait bien l' gêner su' l' moment !

Hip. DEMANET

LXII.

D'un certain gars qu'on allait pendre
Jean de Falaise était le gendre.
Jean voulut par compassion
Voir de près l'exécution ;
Puis quand l'autre eut craché son âme,
Jean d' Falais', pleurant comme un' femme,
S'écriait bien naïvement :
Çà d'vait bien l' gêner su' l' moment !

Eug. SIMON.

LXIII.

Un voyageur, sur la grand' route,
Par des voleurs mis en déroute,
Voulait appeler du secours
Afin de protéger ses jours.
Mais aussitôt un' carabine
Vient s'ajuster sur sa poitrine.
Pour répondre à cet argument,
Çà d'vait bien l' gêner su' l' moment!

Léopold VAVASSEUR.

LXIV.

Pour assister aux funérailles
D' l'Emp'reur, un vieux de nos batailles,
Tout exprès arrive de Blois
Avec ses deux jambes de bois;
Mais à Neuilly, près d' la colonne,
Ses jambes cassent, Dieu m' pardonne!
Pour marcher à l'enterrement,
Çà d'vait bien l' gêner su' l' moment!

Prosper MASSÉ.

LXV.

Un esprit fort, qui, je suppose,
Ici bas voyait tout en rose,
Fit serment de trouver un jour:
Une fill' de quinze ans sans amour,
Un roi méprisant la couronne,
Puis, sur les bords de la Garonne,
Quelqu'un qui mentit rarement:
Çà d'vait bien l' gêner su' l' moment!

Ch. VALLET.

LXVI.

Un mari trouv' sa ménagère
En flagrant délit d'adultère,
Tout juste au plus fort de l'action
D' la criminell' conversation.
Du fourreau dégaînant sa lame,
Il embroch' l'amant et la femme,
Sans autre forme de jug'ment :
Ça d'vait les gêner su' l' moment.

Adolp. LETAC.

LXVII.

L' roi d' Thrace ayant pris c' qu'en fill' sage,
Sa bell' sœur gardait pour l' mariage,
Lui fit couper la langu', dit-on,
Pour un' femm' quell' privation !
Cette innocente créature
Mit tout' son histoire en peinture,
Car, pour la conter autrement,
Çà d'vait la gêner su' l' moment !

G. C. PICARD.

LXVIII.

D'un jug' qui vendait la justice
Afin de punir l'avarice,
Cambys', monarqu' plein d'équité,
Ordonna qu'il fut arrêté.
De Thémis il souillait le temple,
Le roi l' fit, pour servir d'exemple,
Écorcher vif tout uniment :
Çà d'vait bien l' gêner su' l' moment !

DALÈS aîné.

LXIX.

On chassait un jour un pirate.
Celui-ci, dont la rage éclate,
Attache à la gueul' d'un canon
Certain prisonnier de renom.
Bien qu'il fut flatté que l' corsaire
L'envoyât en parlementaire,
D' fair' la ronte aussi lestement,
Çà d'vait bien l' gêner su' l' moment!

Numa MERCIER.

LXX.

Certaine actrice dont les formes
Etaient de dimensions énormes,
Jouait un rôle de titi
Avec un pantalon trop p'tit.
Comme ell' s'adressait au parterre,
Son pantalon crèv' par derrière!
Craignant d' montrer son évèn'ment,
Çà d'vait la gêner su' l' moment!

MOINAUX.

LXXI.

Après deux mois de mariage,
Un époux, de r'tour d'un voyage,
Rentrait chez lui le cœur content;
Mais il ne le fut qu'un instant.
S'approchant d'un' port' qui s'entr'ouvre,
Savez-vous, Messieurs, c' qu'il découvre?
Sa femme en état d'accouch'ment!
Çà d'vait la gêner su' l' moment!

NOEL.

LXXII.

La servant' d'un apothicaire,
Voulant un jour prendre un clystère,
Saisit un' s'ringu' dont son patron
S' servait pour gonfler un ballon.
Purgon, qui ne r'voit plus la fille,
Va, vient, et la trouv' qui s' tortille
Au plafond de l'appartement :
Çà d'vait la gêner su' l' moment !

Eug. BERTHIER.

LXXIII.

Un somnambul' la nuit dernière,
S'éveill' couché dans la gouttière
Qui bord' le septièm' d'un' maison
D'un' petit' ru' dont j'oubli' l' nom.
Notre homm', qui n'avait pas d' chandell',
Croyant d' son lit gagner la ruelle,
Tomb' dans cell' de l'arrondiss'ment :
Çà d'vait bien l' gêner su' l' moment!

Aug. JOLLY.

LXXIV.

Paul meurt, et d' poison en cachette
Sa femm', dit-on, faisait emplette.
La justice vient; puis trois méd'cins,
D' Paul se partag'nt les intestins.
Mais voilà l' mort qui se ravise,
Et, jugez qu'elle est sa surprise
En s' trouvant vidé complèt'ment !..
Çà d'vait bien l' gêner su' l' moment !

Léon LAPRAIRIE.

LXXV.

Avant d' partir pour la Croisade,
Un baron jaloux et maussade,
Ferme au cad'nas, sans null' pitié,
L' plus joli bijou d' sa moitié.
De r'tour, il veut r'voir c'te parure;
Mais l' pauvre homme ayant d' la serrure
Perdu la clé chez l' Musulman,
Çà d'vait bien l' gêner su' l' moment.

Mme E. Fleury.

LXXVI.

Le sort des nymphes de la Fable
N'était pas toujours agréable;
Je plains surtout Pasiphaé,
Disait la petite Aglaé.
Le bœuf est très fort, par nature,
Elle a bien souffert, j'en suis sûre.
Avoir un taureau pour amant,
Çà doit bien gêner su' l' moment.

Ch. Colmance.

LXXVII.

Non loin d' Rome, un beau jour un prêtre
Voit un homm' tomber d'un' fenêtre,
Par un sign' de croix, c' bon chrétien
L'arrêt' dans c' trajet aérien;
Mais pour qu'à la mort c't homme échappe,
Il court en référer au Pape,
Et l' laiss' dans l' dout' sept heur's seul'ment:
Çà d'vait bien l' gêner su' l' moment!

Eug. Guémied.

LXXVIII.

Qu'un homme chez nous assassine,
On le traîne à la guillotine.
Des Turcs, quoiqu'en dis'nt les railleurs,
Les procédés n' sont pas meilleurs :
Leur justic', qu'est pas débonnaire,
L'asseoit sur un paratonnerre
Qu'a plus d' trois mètr's de prolong'ment :
Ça doit bien l' gêner su' l' moment !

Ch. GILLE.

LXXIX.

Salomon, n' pouvant pas r'connaître
La vrai' mèr' d'un mioch' qui v'nait d' naître,
Pour l'éprouver dit : « Qu' sans pitié,
On coup' l'enfant par la moitié. »
L' moutard, voyant sa dernière heure,
S' disait, de sa voix intérieure :
Pas pouvoir crier : V'là maman !
Ça d'vait bien l' gêner su' l' moment !

Adolp. LETAC.

LXXX.

Dans leurs cahut's, atroces bouges,
Tout comme en plaine, les Peaux-Rouges,
Aussitôt qu'ils les ont soumis,
S'amus'nt à scalper leurs enn'mis.
Ceux-ci font un' drôl' de figure
Et s'ils veul'nt soigner leur coiffure,
Pour se peigner bien proprement,
Ça doit les gêner su' l' moment !

Edmond GACONDE.

LXXXI.

Le vieux Jupin, n'ayant pas d' bagne,
Fit enchainer sur un' montagne
Prométhée, auquel un vautour
Rongeait les entraill's nuit et jour.
Je m' mets à la plac' de c' pauvre homme,
Et, ma foi, je conclus en somme
Que, d' sentir ce p'tit picot'ment,
Çà d'vait bien l' gêner su' l' moment.

PARROISSE.

LXXXII.

Jonas, nous dit l'histoire ancienne,
Fut avalé par un' baleine,
Et vécut là gros, gras et frais,
Comme un bon rentier du Marais.
Mais, manquant d'endroit à l'anglaise,
Quand il voulait s' mettre à son aise
Dans son nouvel appartement,
Çà d'vait bien l' gêner su' l' moment !

Victor DOLLET.

LXXXIII.

On cite comme très habile
Monsieur Robinson dans son île.
D' la vie il goûtait la douceur,
S'lon moi l'écrivain est menteur.
Pour peu que c't homme eût un peu d'âme,
Que d'amour il sentît la flamme,
Pour se satisfaire honnêt'ment,
Ça d'vait bien l' gêner su' l' moment.

Eug. GUEMIED.

LXXXIV.

On sait que l' peuple de Moïse,
En partant pour la terr' promise
Par erreur, avait dans les siens
Mis les bijoux des Égyptiens.
Pour leur passag' la mer s'entrouvre,
Pharaon vient, l'eau qui le r'couvre
D'un bain d' mer lui donn' l'agrément :
Çà d'vait bien l' gêner su' l' moment.

TROISVALLETS.

LXXXV.

Pour mieux confondre la pucelle
Qui sout'nait qu'elle était d'moiselle,
Un tribunal, à cet effet,
Fut nommé pour vérifier l' fait ;
Or, on sait qu'avant l'expertise
Par les Anglais Jeanne était prise ;
Pour rendre un pareil jugement,
Çà d'vait bien gêner su' l' moment !

AUG. JOLLY.

LXXXVI.

Joseph, au sein de l'esclavage,
Avait juré de rester sage,
Mais v'là qu' la femm' de Putiphar
Lui lance un amoureux regard ;
Voyant les appas de la belle,
L'amour remont' sa manivelle ;
Pour ne pas fausser son serment,
Çà d'vait bien l' gêner su' l' moment !

SAVARY.

LXXXV

Rêvant un torrent de délices,
Un jeun' marié des plus novices
Avec un' viv' satisfaction,
Voit arriver l'heure en question;
Mais v'là l'époux qui s' tromp' de porte,
Et prend, dans l'ardeur qui l' transporte,
L' cabinet pour l'appartement :
Çà d'vait bien l' gêner su' l' moment!

Ch. Colmance.

LXXXVIII.

Prisant fort les gentils corsages,
Salomon, ce sage des sages,
Dans son harem, et sous ses lois,
Rassembla près d' neuf cents minois.
Brûlât-on des plus vives flammes,
S'il faut contenter neuf cents femmes,
Quel que soit le tempérament,
Çà doit bien gêner su' l' moment !

Dalès aîné.

LXXXIX.

Sur un théâtr' de la banlieue
On représentait Barbe-Bleue,
L'acteur v'nait d' lever son cout'las,
Les deux frèr's d'Ann' n'arrivaient pas.
L' public lançait des trognons d' pomme,
Et, tout épouvanté, l' cher homme
N' savait qu' fair' de son instrument :
Çà d'vait bien l' gêner su' l' moment !

Noel.

XC.

O vous, fameux aéronautes,
Qui ne faites jamais de fautes,
Vous êtes, dit-on, constamment
A l'aise dans le firmament;
Mais, en redescendant sur terre,
Par hasard qu'un paratonnerre
Vous embroche subitement,
Çà doit vous gêner su' l' moment !

Étienne JOURDAN.

XCI.

Le roi de notre scèn' lyrique
Pour se guérir de la colique,
Aval' certain médicament
Dont l'effet s' produit tardiv'ment.
Le soir, d'une voix énergique,
Il veut lancer son *ut* magique,
Et pouss' la not' dans son vêt'ment :
Çà d'vait bien l' gêner su' l' moment !

Léon LAPRAIRIE.

XCII.

Le bourreau d'une certain' ville,
En préparant son ustensile,
S'aperçoit qu'un rétréciss'ment
Retenait en ch'min l'instrument.
Cherchant l' défaut près de la lunette,
L' couteau glisse, et lui coup' la tête.
Pour exécuter l' jugement,
Çà d'vait bien l' gêner su' l' moment !

GELIN.

XCIII.

Un ouvrier plein de courage,
Une nuit, tomba dans l'ouvrage,
Jusqu'aux chevill's il en avait,
Fallait voir comme il s' débattait !
Chacun lui criait : Tir' t'en Pierre !
Mais, la tête étant la première,
Pour respirer commodément,
Çà d'vait bien l' gêner su' l' moment !

Numa MERCIER.

XCIV.

Fulbert, qu'était un fameux homme,
Se vengeant chacun sait bien comme,
Punit Abeilard débauché
Par l'endroit qu'il avait péché.
C' que j' plains, c'est c'te pauvre Héloïse !
Elle dut êtr' crân'ment surprise
De r'trouver ainsi son amant !
Çà d'vait la gêner su' l' moment !

Ch. GILLE.

XCV.

Je vous l'ai dit avec franchise,
Je plains bien le sort d'Héloïse,
Mais je prends encor plus de part
A l'infortune d'Abeilard.
Un amant perdu, ça s' remplace ;
Mais c' que l'autr' laissa sur la place,
Çà n' se r'greff' pas très facil'ment :
Çà d'vait bien l' gêner su' l' moment !

Adolp. LETAC.

XCVI.

« Compagnons ! dit un soir Ulysse,
Je pass' pour avoir d' la malice,
Et j' verrais c' grand monsieur un tel
Nous manger à la croque au sel ! »
A ces mots, s'armant d'une poutre,
A l'heur' qu'il dormait comme une outre,
Il lui crèv' l'œil délicat'ment :
Çà d'vait bien l' gêner su' l' moment !

G. C. PICARD.

XCVII.

Un p'tit tambour battait la charge,
Quand au beau milieu d'un' décharge
Un obus lui fracasse un' main,
De l'autre il continu' soudain.
Un camarade, après l'affaire,
Lui disait : Comment qu' t'as pu faire ?
Pour exécuter ton roul'ment,
Çà d'vait bien t' gêner su' l' moment !

Eug. GUÉMIED.

XCVIII.

Au paradis, un jour de fête,
Dans ses deux mains portant sa tête,
Arriv' saint D'nis, ce fin matois,
Et tous l'interrog'nt à la fois.
Quand not' saint qui n' perd pas la boule,
S' dispose à répondre à la foule,
Il lui prend un éternûment :
Çà d'vait bien l' gêner su' l' moment !

Edmond GACONDE.

XCIX.

Au bal de sa noce, un pauvr' diable,
Saisi d'un' colique effroyable
Qui d' moment en moment s'accroît,
Court bien vite à certain endroit,
Par malheur la place était prise,
Et bientôt, hélas ! de sa crise
Résulte un fâcheux dénoûment :
Çà d'vait bien l' gêner su' l' moment !

PARROISSE.

C.

Un' femm' folle, un enfant qui beugle,
Un coup d' poing qui vous rend aveugle,
Un soulier beaucoup trop étroit,
Un plongeon quand il fait bien froid,
Un cours de ventre, un' jamb' démise,
Un quart'ron d'épingl's dans sa chemise,
Un incendi' dans son vêtement,
Çà doit bien gêner su' l' moment !

Ch. COLMANCE.

CI.

Un amateur de chansonnettes
Invit' deux personn's fort honnêtes
A v'nir manger la soupe et l' bœuf
Pour leur chanter que'qu' chos' de neuf.
Cell's-ci s' pressent, l' dîner s' termine,
Et mon gars leur lâch' not' tartine
D'puis l' prologu' jusqu'au dénoûment :
Çà d'vait les gêner su' l' moment !

Eug. BERTHIER.

FIN.

TABLE.

—

www.ingramcontent.com/pod-product-compliance
Ingram Content Group UK Ltd.
Pitfield, Milton Keynes, MK11 3LW, UK
UKHW020416220726
13923UKWH00004B/1985